Como **pez** en el **agua**

Como pez en el agua

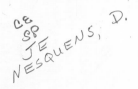

Como pez en el agua

Daniel Nesquens

Riki Blanco

Mi amigo Sebastián sabe nadar, bucear y flotar como nadie.

A Sebastián le encanta todo lo que tenga que ver
con los océanos, con los mares, con los ríos... con el agua.

Cuando
por la mañana sale
de su casa, lo primero
que hace es mirar al cielo.
Si el cielo está despejado,
despejado de nubes, baja
la mirada y frunce
los labios.

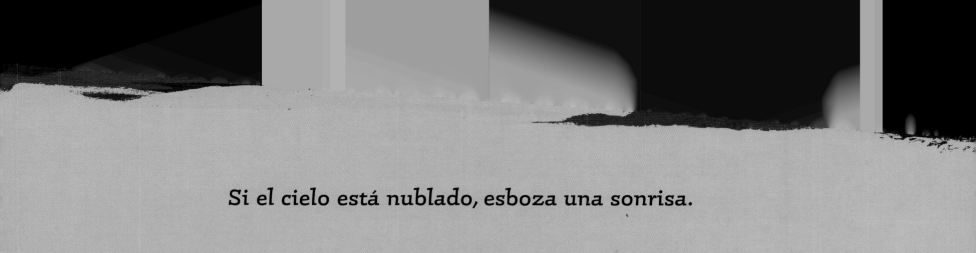

Si el cielo está nublado, esboza una sonrisa.

Y si está lloviendo, sus ojos negros chispean de alegría.

Camino del colegio, entre bromas,
le digo que se le está poniendo
cara de pez. Que cualquier día
le salen escamas y aletas.

Vuelve la cabeza y me mira
con ojos saltones.

«A partir de ahora me llamarás Océano»,
me dijo aquella misma mañana.

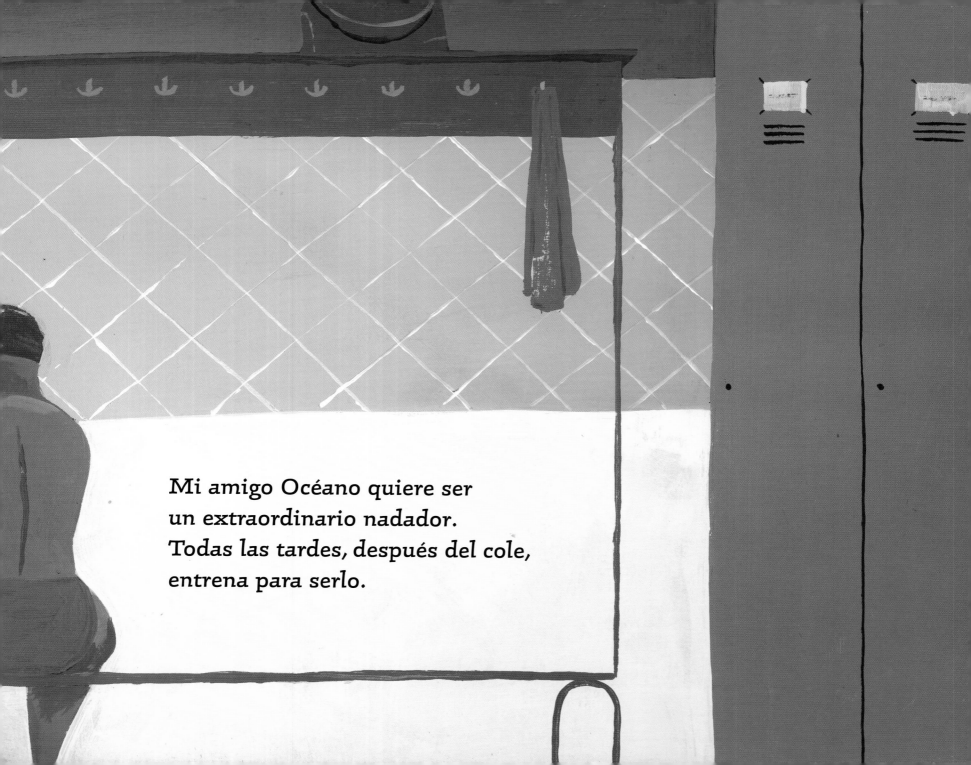

Mi amigo Océano quiere ser
un extraordinario nadador.
Todas las tardes, después del cole,
entrena para serlo.

Pretende participar en los Juegos Olímpicos del 2020
y pulverizar todas las marcas mundiales.

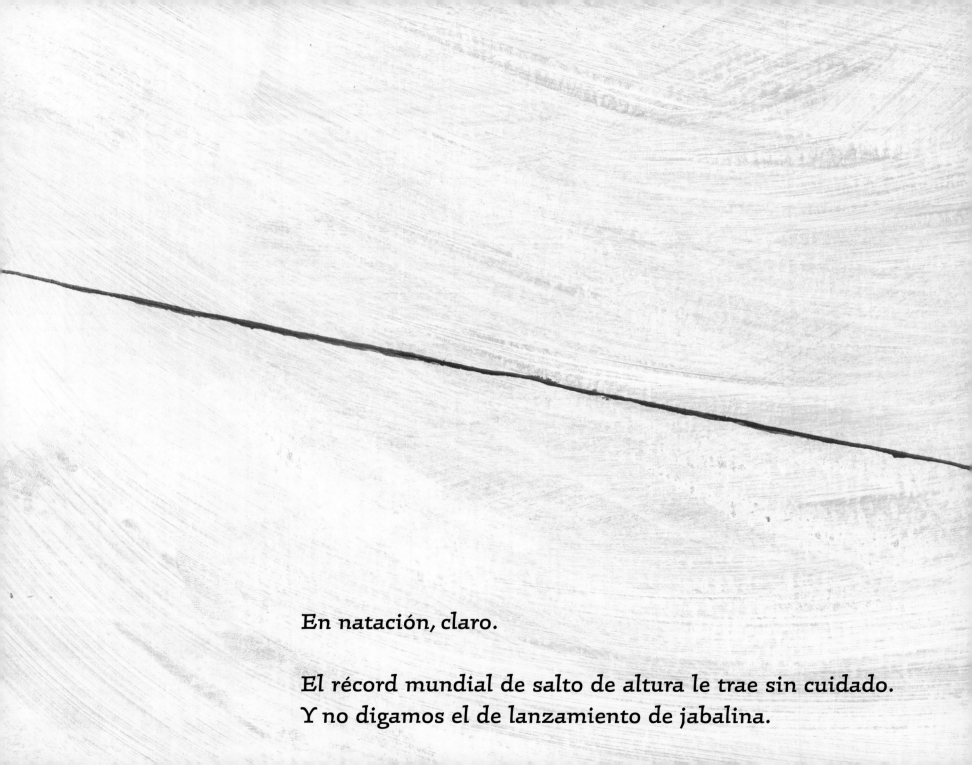

En natación, claro.

El récord mundial de salto de altura le trae sin cuidado.
Y no digamos el de lanzamiento de jabalina.

En los días de mucho calor, a mi amigo
le falta la respiración, le falta la vida.

Si está en su casa, se da una ducha, y tan contento.

Pero si estamos en la escuela,
si la señorita Maximiliana está
explicándonos algo útil para
el día de mañana, Océano no se
puede duchar, se tiene que
contentar con dibujar miles
de gotas en los márgenes del libro
que tenemos abierto.

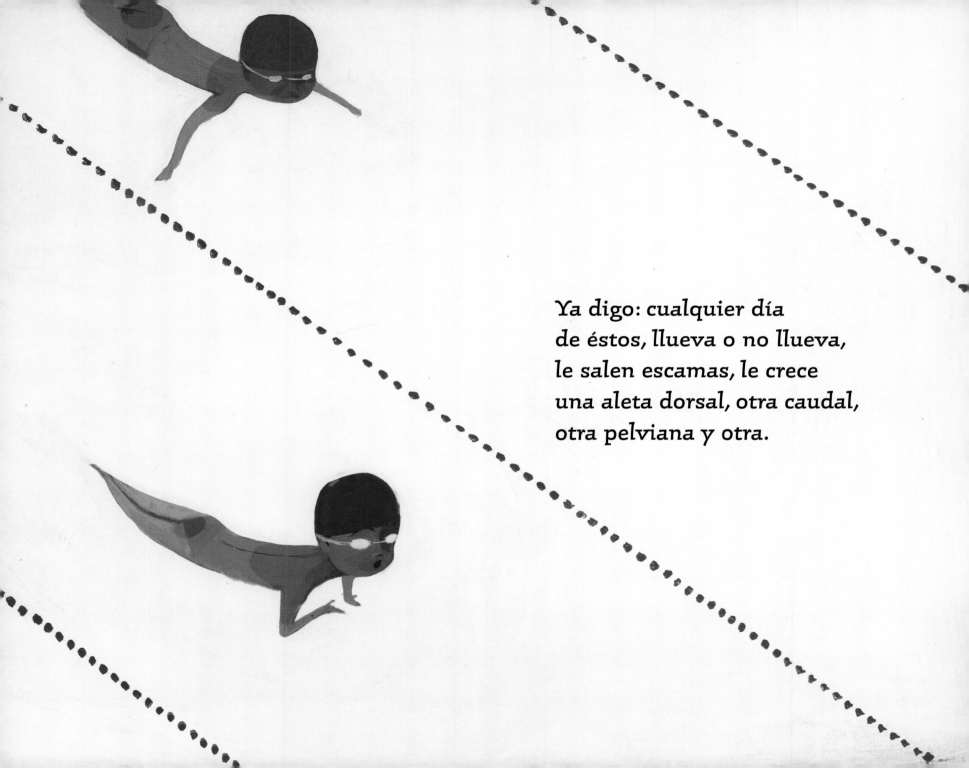

Ya digo: cualquier día
de éstos, llueva o no llueva,
le salen escamas, le crece
una aleta dorsal, otra caudal,
otra pelviana y otra.

Se cuela por el desagüe de la bañera
y aletas para qué os quiero.

«Adiós, Océano.
Que te vaya bien en tu nueva vida.»

Daniel Nesquens no sabe nadar. Como lo oyen. Así que cuando el cielo comienza a nublarse y se escucha la aproximación de los truenos, Nesquens corre a su armario y saca el flotador. Busca la boquilla y sopla y sopla hasta que el patito estira su cuello. Ya tiene donde agarrarse. Un día de abril (ya se sabe en abril lluvias cien) en el que el cielo se encapotó sin previo aviso, sopló tanto y tanto que derribó la pared de una casa prefabricada marca ACME. De la casa salieron tres cerditos y un lobo que comenzaron a increparle. El flotador con forma de patito se lo regaló (no se lo van a creer ustedes) el mismísimo Ronaldo. Sí, el futbolista.

Días después el futbolista fichó por el AC Milán y Nesquens se compró una goma de borrar y borró la tilde. Más tarde, un cuaderno y un bolígrafo. Ya tenía con qué escribir. Pero no escribió nada. Nada. Dibujó un corazón y una flecha que lo atravesaba. Para los curiosos: era un 25 de octubre de 2000. Aquel día no llovió, el cielo estaba azul y despejado. Y si no lo creen miren por la ventana. Y sí: eran tres los cerditos. Nada de cuatro como se viene insistiendo.

Riki Blanco empezó a dibujar muy precozmente. Las ecografías muestran un feto de cuatro meses dibujando peces con el dedo en el líquido amniótico. Más tarde, ya nacido, surcaba con el mismo dedo en la arena mojada a la orilla del mar. Pero las olas rápidamente borraban lo que hacía. Entendió entonces que al mar no le gustaba su dibujo, y por eso lo hacía desaparecer. Al final de la tarde coincidiendo con la bajada de la marea, encontraba por fin un dibujo que al mar le gustaba. Entonces lo decoraba con conchitas, algas y tapones de botella. A la mañana siguiente el dibujo ya no estaba. Entonces se decía a sí mismo que ahora era el viento quien no estaba conforme. «¿Qué dibujo puedo hacer que guste tanto al mar como al viento?», le preguntó a su madre. «Podrías dibujar un barco de vela», le respondió ella. Y así lo hizo, dibujó un barco y le puso un cirio encendido encima. Pero nada más darse la vuelta vio que la llama estaba apagada. «Mamá —le preguntó de nuevo—, ¿a quién crees que no le ha gustado el barco, al viento o al mar?»